Astrid Lindgren

Astrid Lindgren

Steine auf dem Küchenbord

Gedanken
Erinnerungen
Einfälle

gesammelt von
Elisabeth Hohmeister
Angelika Kutsch
und
Margareta Strömstedt

Verlag Friedrich Oetinger
Hamburg

Dieses Buch entstand in Anlehnung an die
in Schweden erschienene Ausgabe „Astrids klokbok“

erschienen bei Eriksson & Lindgren,
Stockholm 1997

Deutsch von Thyra Dohrenburg, Cäcilie Heinig,
Else von Hollander-Lossow, Birgitta Kicherer,
Anna-Liese Kornitzky, Karl Kurt Peters
Einband von Marit Törnqvist
Satz: UMP GmbH, Hamburg
Druck und Bindung: Clausen & Bosse, Leck
Printed in Germany 2004
ISBN 3-7891-4136-4

www.astrid-lindgren.de
www.oetinger.de

Das Einzige,
was ich hier auf Erden
zustande gebracht habe,
sind eine Menge Einfälle,
und es ist mir rätselhaft,
wie man so unentwegt
mit lauter zum Teil
überdies noch recht
verschrobenen Einfällen
leben
und fast sterben kann.

Hier sitzen wir,
du und ich,
und haben's schön

Jedes Geschenk war ein großes Wunder, dass man etwas bekam, bedeutete, dass einer da war, der einen mochte.

Rasmus und der Landstreicher

Will man etwa nicht die Herrlichkeit des Himmels haben, wenn sie einem angeboten wird?

Rasmus und der Landstreicher

Wenn die Liebe die Leute überfällt, verlieren sie den Verstand.

Rasmus, Pontus und der Schwertschlucker

Wenn die Liebe in die Leute fuhr, waren sie für jeden Trost unempfänglich, da half nicht einmal Apfelauflauf mit Vanillesoße.

Rasmus, Pontus und der Schwertschlucker

Allemal kann treue Liebe in einer für das Auge ruhigen Brust wohnen. Diejenige Liebe, welche nicht so wild wütet, sondern mehr still zuwege geht und alles vernünftig und verständig nimmt, ist, so meine ich, einer lodernden Flamme vorzuziehen.

Das entschwundene Land

Und obwohl keiner von beiden auch nur ein Wort verstehen konnte, sprachen sie miteinander. Über Dinge, die gesagt werden mussten, ehe es zu spät war. Darüber, wie gut es war, jemand so zu lieben, dass man selbst das Schwerste nicht zu fürchten brauchte. Darüber sprachen sie, obwohl kein Wort zu verstehen war. Dann schwiegen sie. Sie hielten einander umschlungen und schlossen die Augen.

Ronja Räubertochter

Mein Sohn liegt in meinem Arm. Er hat so kleine, kleine Hände. Die eine hat sich um meinen Zeigefinger geschlossen und ich wage nicht mich zu rühren. Er könnte dann vielleicht loslassen und das wäre unerträglich. So ein Himmelswunder, diese kleine Hand mit fünf kleinen Fingern und fünf kleinen Nägeln. Ich wusste ja, dass Kinder Hände haben, aber ich habe wohl nicht recht begriffen, dass mein Kind auch solche haben würde. Denn ich liege hier und blicke auf das kleine Rosenblatt, das die Hand meines Sohnes ist, und kann nicht aufhören zu staunen.

Kati in Paris

Ich glaube, dass Erziehung Liebe zum Ziel haben muss, Zuneigung. Liebe kann man lernen. Und niemand lernt besser als Kinder. Wenn Kinder ohne Liebe aufwachsen, darf man sich nicht wundern, wenn sie selber lieblos werden.

STERN, 12.10.78

Man kann in Kinder nichts hineinprügeln, aber man kann vieles aus ihnen herausstreicheln.

Jugendbuchmagazin 1/79

Die Gefühle von Menschen, die Liebe von Menschen oder der Mangel an Liebe, die Beziehungen zwischen Kindern und Erwachsenen, das alles bedeutet mir mehr als irgendetwas anderes.

Vivi Edström: *Astrid Lindgren – Im Land der Märchen und Abenteuer*

Gebt den Kindern Liebe, mehr Liebe und noch mehr Liebe, dann stellen sich die guten Manieren ganz von selbst ein.

Föräldrar och barn, 1969

Meine kleine Inniggeliebte, hier sitzen wir, du und ich, und haben's schön.

Astrid Lindgrens Vater in:
Das entschwundene Land

Wir spielten
und spielten
und
spielten

In meiner Erinnerung ist meine *Kindheit* ein Zustand. Alles ist so nah gewesen, als man noch Kind war. Man erlebte die Umwelt so greifbar. Die Telefonmasten sangen – es klang so traurig –, ich erinnere mich an alle Gerüche ringsum. In unserem alten Kremser wohnte ein Sommerduft. Man fuhr darin und die Sonne brannte auf das Leder. Der Winterduft kam mit dem Schnee und wenn Mama den Backofen für die Weihnachtsbäckerei sauber fegte. Alle Kindheitsdüfte sind lustbetont. Das ist sonderbar, aber so ist es nun mal in meinem Kindheitsland.

Svenska Dagbladet, 24. Dezember 1967

Zweierlei hatten wir, das unsere Kindheit zu dem gemacht hat, was sie gewesen ist – Geborgenheit und Freiheit. Wir fühlten uns geborgen bei diesen Eltern, die einander so zugetan waren und stets Zeit für uns hatten, wenn wir sie brauchten, uns im Übrigen aber frei und unbeschwert auf dem wunderbaren Spielplatz, den wir in dem Näs unserer Kindheit besaßen, herumtollen ließen. Gewiss wurden wir in Zucht und Gottesfurcht erzogen, so wie es dazumal Sitte war, aber in unseren Spielen waren wir herrlich frei und nie überwacht.

Das entschwundene Land

Dass wir zur Arbeit angehalten wurden, war die natürlichste Sache der Welt. Schon mit sechs Jahren mussten wir beim Rübenverziehen und Rupfen der Brennnesseln für die Hühner helfen. Mit dem Heranwachsen wurden wir auch, sofern es nötig war, bei der Erntearbeit eingespannt. Sofern es nötig war!

Das entschwundene Land

Was einem aufgetragen war, das hatte man zu tun. Ich glaube, es war eine nützliche Lehre, die einem später im Leben half, mit eintöniger Arbeit ohne allzu viel Gestöhne und Gejammer fertig zu werden. »Reiß dich zusammen und mach weiter«, das waren die Mahnworte unserer Mutter, wenn wir über der Spülwanne in Träumereien versanken.

Das entschwundene Land

Ich glaube, dass wir ein gut Teil unserer Zeit damit verbrachten festzustellen, was in dieser Welt wahr war und was nicht. An einem dunklen Herbstabend machten wir uns also auf zum Friedhof, Stina und ich. Zwölfmal liefen wir um die Leichenhalle, aber kein Leibhaftiger zeigte sich. Ja, hatten wir das denn tatsächlich erwartet, die Uhr war ja erst neun!

Das entschwundene Land

Wir hatten ja Spielplätze, wir waren immer beschäftigt, hatten die Natur, die uns immer aufgeregt hat, die Jahreszeiten, die immer etwas Neues anzubieten hatten.

Sybil Gräfin Schönfeldt: *Astrid Lindgren*

In der Erinnerung – was schlummert da nicht alles an Duft und Geschmack, an Lauten und Bildern aus einer verschwundenen Kindheit. Ganz unversehens kann all das wieder erwachen und fast so sein wie einst ... nein, jetzt habe ich geschwindelt, ganz und gar nicht wie einst! Aber noch habe ich nicht alles vergessen, noch kann ich sehen und den Duft spüren und mich der Seligkeit des Heckenrosenbusches auf der Rinderkoppel erinnern, der mir zum ersten Mal gezeigt hat, was Schönheit ist.

Das entschwundene Land

Fragt mich aber jemand nach meinen Kindheitserinnerungen, dann gilt mein erster Gedanke trotz allem nicht den Menschen, sondern der *Natur*. Sie umschloss all meine Tage und erfüllte sie so intensiv, dass man es als Erwachsener gar nicht mehr fassen kann. Der Steinhaufen, wo die Walderdbeeren wuchsen, die Leberblümchenstellen, die Schlüsselblumenwiesen, die Blaubeerplätze, der Wald mit den rosa Erdglöckchen im Moos, das Gehölz rings um Näs, wo wir jeden Pfad und jeden

Stein kannten, der Fluss mit den Seerosen, die Gräben, die Bäche und Bäume, an all das erinnere ich mich besser als an die Menschen. Steine und Bäume, sie standen uns nahe, fast wie lebende Wesen, und die Natur war es auch, die unsere Spiele und Träume hegte und nährte.

Das entschwundene Land

Es steht ein Baum auf meines Vaters Hof – klingt meine Linde – lausche dem Rauschen der Fichte, an deren Wurzel du deine Wohnstatt hast. Überall, in Gedichten und Liedern, in Sagen und Mythen gibt es Bäume. Wir tragen sie in unseren Erinnerungen. »Bäume, die ich gekannt habe«, man stelle sich vor, wenn man die Menschen bäte, von ihnen zu erzählen! Dann würden wir etwas zu hören bekommen, dann würden sie herausgepickt werden aus den Verstecken der Erinnerungen, der Mehlbeerbaum am Gatter und die Espe auf der Koppel und die duftende Linde und der blühende Kirschbaum und die Birken im Gehölz, wo der Kuckuck ruft. Am meisten würden wir von Kindheitsbäumen zu hören bekommen, glaube ich, Kletterbäumen, Spielbäumen, Traumbäumen, vielen, vielen!

Minnes aus Samuel August från Sevedstorp och Hanna i Hult

Ja, bestimmt war es eine gute Sache, Kind im Pferdezeitalter zu sein.

Das entschwundene Land

Ich habe viele liebliche Stunden erlebt, voll stiller, aber leidenschaftlicher Begeisterung, von der niemand etwas weiß. Über eine Wiese mit frisch aufgestellten Heureitern und einem Wolkenhimmel darüber, die umgeben ist von blühenden Heckenrosen, zu wandern entzückt mich mehr als die Champs-Élysées und Notre Dame de Paris.

Brief an Elsa Olenius am 4. Juli 1950

»Ich will niemals groß werden«, sagte Thomas entschieden.
»Nein, darum muss man sich wirklich nicht reißen«, sagte Pippi. »Große Menschen haben niemals etwas Lustiges. Sie haben nur einen Haufen langweilige Arbeit und komische Kleider und Hühneraugen und Kumminalsteuern.«
»Kommunalsteuern heißt das«, sagte Annika.
»Ja, es bleibt jedenfalls der gleiche Unsinn«, sagte Pippi. »Und dann sind sie voll Aberglauben und Verrücktheiten. Sie glauben, es passiert ein großes Unglück, wenn sie beim Essen das Messer in den Mund stecken, und all solch dummes Zeug.«
»Und spielen können sie auch nicht«, sagte Annika.

Pippi in Taka-Tuka-Land

Und wir spielten und spielten und spielten, sodass es das reine Wunder ist, dass wir uns nicht totgespielt haben.

Das entschwundene Land

Und an diesen
Schnee
werde ich mich
erinnern,
wenn ich schon
jeden anderen
Schnee
vergessen habe

Ich kann mir kein größeres *Glück* denken als mit einem Kind zusammen zu sein, das gerade dabei ist, seine *Sprache* zu entdecken. Als wir Kinder waren, liebten wir es, mit der Sprache zu spielen, so wie es alle Kinder tun.

Gespräch mit Margareta Strömstedt,
August 1970

An dem Tag, da die Fantasie der Kinder nicht mehr die Kraft besitzt, sie zu erschaffen, an diesem Tag wird die Menschheit arm.
Die Bücher brauchen die Fantasie der Kinder, das ist wahr. Aber noch wahrer ist es, dass die Fantasie der Kinder die Bücher braucht, um zu leben und zu wachsen.
Alles Große, das in der Welt vollbracht wurde, spielte sich zuerst in der Fantasie eines Menschen ab, und wie die Welt von morgen aussehen wird, hängt zum großen Teil vom Maß der Einbildungskraft jener ab, die heute lesen lernen. Deshalb brauchen Kinder Bücher.

Ansprache anlässlich der Verleihung der
Hans-Christian-Andersen-Medaille
1958 in Florenz

Ihr müsst dem Kind den Weg zum Buch weisen. Denn findet es den Weg als Kind nicht, findet es ihn nie und wird auch nie ein Weltverbesserer. Nehmt zehn jetzt lebende Menschen, die ihr hoch schätzt und von denen ihr meint, dass sie wirklich etwas für die Menschheit geleistet haben, geht zurück bis in ihre Kindheit, und ich bin überzeugt, ihr findet zehn kleine Leseratten. Denn alles, was geschieht, muss zunächst einmal in der Fantasie eines Menschen Gestalt annehmen, wie sonst sollte es entstehen?

Das entschwundene Land

Man soll Kindern keine Angst machen, aber sie müssen genauso wie Erwachsene von Kunst ergriffen werden. Man muss eine Seele aufrütteln, die sonst schläft, alle haben es nötig, manchmal zu weinen und erschreckt zu werden. In Büchern tut einem das nichts. Ein Kind blättert rasch die nächste Seite um, wenn ihm der Inhalt nicht gefällt. Mit dem Bild ist es eine andere Sache, schreckliche Filme halte ich für Kinder direkt für ungeeignet.
[...]
Ich habe durchaus nichts gegen Spaß und Blödelei, aber alles hat seine Zeit und mein einziger Maßstab ist, dass ich das schreibe, was ich in diesem Augenblick gerade für lustig halte.

Dagens Nyheter, 8. September 1959

Hat das Buch eine Zukunft?, fragt man immer wieder. Ja, das kann man ja fragen, aber warum nicht ebenso oft: Hat das Brot eine Zukunft? Und die Rose? Und das Kinderlied? Und der Mairegen? Wie steht es denn damit, hat das alles eine Zukunft? Die eine Frage ist ebenso vergeblich wie die andere. Frag doch stattdessen: Hat denn der Mensch eine Zukunft? Daran kann man ja in traurigen Stunden zweifeln. Aber hat er das, dann hat es das Buch auch. Denn haben wir uns nur mal daran gewöhnt, unsere Freude und unseren Trost aus Büchern zu holen, dann können wir sie nicht mehr entbehren. Alle Menschen wollen ja nicht lesen, aber für viele, viele sind die Bücher genauso notwendig wie Brot und Salz und werden das auch bleiben, egal wie viele pfiffige Kassetten und Fernsehapparate und andere Ersatzmittel wir auch erfinden werden.

Das entschwundene Land

Ein Buch ganz für sich allein zu besitzen – dass man vor Glück nicht ohnmächtig wurde! Noch heute weiß ich, wie diese Bücher rochen, wenn sie funkelnagelneu und frisch gedruckt ankamen, ja, denn zunächst einmal schnupperte man daran und von allen Düften dieser Welt gibt es keinen lieblicheren. Er war voller Vorgeschmack und Erwartungen.

Das entschwundene Land

Ja, das grenzenloseste aller Abenteuer der Kindheit, das war das Leseabenteuer. Für mich begann es, als ich zum ersten Mal ein eigenes Buch bekam und mich da hineinschnupperte. In diesem Augenblick erwachte mein Lesehunger, und ein besseres Geschenk hat das Leben mir nicht beschert.

Das entschwundene Land

Es begann in Kristins Küche, als ich ungefähr fünf Jahre alt war. Bis dahin war ich ein kleines Tier gewesen, das mit Augen, Ohren und allen Sinnen nur das in sich eingesogen hatte, was *Natur* war. Dass es auch *Kultur* gab, erfuhr ich erst, als ich auf Kinderbeinen in Kristins Küche stiefelte, wo mich überraschend ein Hauch davon streifte.

Kristin war mit unserem Kuhknecht verheiratet und, was wichtiger war, sie war Edits Mama. Diese Edit – gesegnet sei sie jetzt und allezeit – las mir das Märchen vom Riesen Bam-Bam und der Fee Viribunda vor und versetzte meine Kinderseele dadurch in Schwingungen, die bis heute noch nicht ganz abgeklungen sind. In einer seit langem verschwundenen, armseligen kleinen Häuslerküche geschah dieses Wunder, und seit jenem Tag gibt es für mich in der Welt keine andere Küche.

Das entschwundene Land

Die Bücher kann Edit sich nur in der Schule geliehen haben, denn zu damaliger Zeit hatten Häuslerkinder keine Bücher. Auch Bauernkinder nicht, zumindest ich nicht. Edit erzählte und las vor und dann begann ich meinen kleineren Geschwistern zu erzählen und vorzulesen.
»Erzähl mal was von Gespenstern, Mördern und dem Krieg«, bat meine kleine Schwester Stina.
»Aber es muss damit aufhören, dass alle Kuchen und Bonbons kriegen«, sagte meine kleine Schwester Ingegerd energisch.
Und ich erzählte brav. Von Gespenstern und Mördern, die am Schluss Kuchen und Bonbons bekamen.

Gespräch mit Margareta Strömstedt,
August 1970

Ich las morgens, mittags und abends. Ich las einfach alles, was mir vor die Augen kam. Ich verschlang Bücher. Es ist doch auch fantastisch, dass es für ein Kind so viele Wörter zu entdecken und zu lernen gibt!

Gespräch mit Margareta Strömstedt,
August 1970

Es ist eine Unsitte, nachts im Bett zu lesen, aber herrlich.

Britt-Mari erleichtert ihr Herz

Das Schlüsselerlebnis meiner Jugend war Knut Hamsun.
Ich erinnere mich noch an einen Frühlingstag in den zwanziger Jahren, als ich oben vor der Engelbrektskirche unter einem blühenden Faulbaum saß und *Hunger* las, ein größeres Leseerlebnis habe ich wohl nie gehabt. Ich war jung und einsam und sehr arm, ich war erst vor kurzem aus der Provinz gekommen und kannte niemanden in Stockholm. Die Alltage im Büro waren ja erträglich, aber meine Sonntage waren einsam und trist. Sie konnte ich nur mit Hilfe von Büchern überstehen. [...]
Alles mischte sich zu einem einzigen intensiven Glücksgefühl über das Buch und die Zusammengehörigkeit mit dem jungen Hamsun und allen anderen, die in den Städten der Welt hungerten. Wie zum Beispiel ich selber, na ja, na ja, mein Hunger war wohl nicht annähernd so bitter wie der von Hamsun, der da drüben in Kristiania an einem Holzspan kaute. Hier in Stockholm war es nur so, dass man sich nie richtig satt fühlte. Aber das reichte, um sich mit dem jungen Narren in Kristiania zu identifizieren – und man stelle sich vor, dass er ein so wahnsinnig lustiges Buch über den Hunger schreiben konnte!

Expressens Leseextra, November 1974

War Weihnachten, dann gab es ein Fest in der Sonntagsschule. Da bekamen wir eine Weihnachtszeitung, eine wunderbare schöne Zeitschrift auf blankem Papier. Ich erinnere mich an eine Geschichte in dieser Zeitung, die so anfing: »Es regnete von einem ebenmäßig grauen Himmel.« Ich bekam eine Gänsehaut, so schön fand ich diesen Anfang.

Zeitschrift VII, Nr. 38/1955

Dass es eine Zeit im Leben des Menschen gibt, wo man mit solcher Inbrunst und Hingabe liest! Der Schnee, der in der Steinzeitnacht unablässig auf Ura Kaipa niederrieselte, ich *spürte* ihn auf der eigenen Haut. Und an diesen Schnee werde ich mich noch erinnern, wenn ich schon jeden anderen Schnee vergessen habe.

Das entschwundene Land

Menschen werden
glücklicher,
wenn sie Puppen
und
Märchenbücher
bekommen

Das Kind als Idee ist das Beste, was der Herrgott erschaffen hat.

Zitat nach Elsa Olenius: Bild einer Freundin, ca. 1967

Es ist nicht leicht, ein Kind zu sein, las ich kürzlich in einer Zeitung und ich war perplex, denn es passiert ja nicht jeden Tag, dass man etwas in der Zeitung liest, das wirklich wahr ist. Da spricht ein Revolutionär.
Es ist nicht leicht, ein Kind zu sein, nein! Es ist schwer – sehr schwer sogar. Was bedeutet es eigentlich, Kind zu sein?
Es bedeutet, dass man zu Bett gehen, aufstehen, sich anziehen, essen, Zähne und die Nase putzen muss, wenn es den Großen passt und nicht einem selbst. [...]
Es bedeutet ferner, dass man ohne zu klagen sich die persönlichsten Bemerkungen von Seiten eines jeden Erwachsenen anhören muss, die das eigene Aussehen, den Gesundheitszustand, die Kleidung, die man trägt, und die Zukunftsaussichten betreffen.
Ich habe mich oft gefragt, was passieren würde, wenn man die Großen in derselben Art behandeln würde.

Leserbrief mit der Signatur A.L. zu einer Debatte in Dagens Nyheter, 7. Dezember 1939

Alles Alte ist so neu
für einen armen kleinen Knirps,
der gerade erst auf die Welt gekommen ist!

Darum ist es auch nicht so leicht, ein armer kleiner Knirps zu sein. Die Welt ist so voll von unbekannten und erschreckenden Dingen – und das Einzige, worauf sich der arme kleine Knirps verlassen kann, sind die Erwachsenen, die schon so lange gelebt haben und so viel wissen. Es müsste ihre Aufgabe sein, eine Welt von Geborgenheit, Wärme und Freundlichkeit um den Knirps zu schaffen. Aber tun sie das? Allzu selten, will mir scheinen. Sie haben wohl keine Zeit dazu! Sie sind vollauf damit beschäftigt, den kleinen Knirps zu erziehen. Sie erziehen ihn so unablässig von früh bis spät, es liegt ihnen so unglaublich viel daran, dass er sich von Anfang an so benimmt wie ein Erwachsener. Denn dieses »Kind zu sein«, das ist doch eigentlich ein recht hässlicher Charakterzug, der mit allen Mitteln bekämpft werden muss.

Antwort auf eine Zuschrift
in Husmodern, Frühjahr 1948

Ich kann nur hoffen, dass die Kinder die Dummheiten der Erwachsenen überwinden.

Süddeutsche Zeitung, 14. November 1997

Damals, als Lasse noch klein war und ich mit ihm im Vasapark spazieren ging, da wurde mir in vollem Umfang bewusst, wie sehr Kinder von den Erwachsenen ständig herumgeschubst und kujoniert werden.

Margareta Strömstedt:
Astrid Lindgren – Ein Lebensbild

Ich glaube sowieso, wenn die jungen Menschen auf alles hören würden, was die älteren ihnen sagen, würde jede Entwicklung aufhören und die Welt stillstehen.

Welt am Sonntag, 18. März 1979

Kinder sollten mehr spielen, als viele es heutzutage tun. Denn wenn man genügend spielt, solange man klein ist – dann trägt man Schätze mit sich herum, aus denen man später ein Leben lang schöpfen kann. Dann weiß man, was es heißt, in sich eine warme Welt zu haben, die einem Kraft gibt, wenn das Leben schwer wird.

Abendzeitung München, 4. November 1997

Aber mit dieser unwahrscheinlichen Sicherheit, mit der Eltern stets im unpassendsten Augenblick auftauchten, konnten sie ja das friedlichste Kind zur Verzweiflung bringen.

Kalle Blomquist lebt gefährlich

Einmal war ich zu einem Büchertag in Halmstad und sollte einem ganzen Saal voller Erwachsener etwas vorlesen. Ich las ein Kapitel aus den Bullerbü-Büchern, es handelte sich um das Kapitel, in dem die Kinder an der Landstraße Kirschen verkaufen, und während ich las, dachte ich, dass es dumm von mir gewesen sei, gerade dieses Stück vorzulesen, denn jetzt komme ich gleich zu so einem Scherz, der nur Kindern gefällt und wo Erwachsene niemals auch nur die Lippen verziehen, denn sie verstehen das Lustige daran nicht. Als ich so las, wie Lisas Kirschen im Magen der Familie, die sie gekauft hatte, ins Ausland fuhren, während Lisa selber in Bullerbü herumspazierte, und wie Lasses Kirschen Saft werden sollten, Lasse selber aber nicht, da hörte man im Saal ein einziges hohes, trillerndes Kinderlachen. Es gab nur *ein Kind* im Saal, aber dieses Kind verstand, warum ich das geschrieben hatte. Und als die Erwachsenen dieses Kinderlachen hörten, fingen sie auch an zu lachen, obwohl sie vermutlich nicht wussten, warum.

Margareta Strömstedt:
Astrid Lindgren – Ein Lebensbild

»Kinder sind wie Hunde«, sagte der Kommissar. [...] »Sie schnüffeln überall herum und wühlen in einer Menge Plunder rum, aber dann, hast du nicht gesehn, kommen sie doch mit etwas Genießbarem nach Haus!«

Kalle Blomquist lebt gefährlich

»Wenn du nur glücklich bist – und nicht zu viel Unfug anstellst, will ich mich nicht weiter darum kümmern, was du treibst«, sagte der Bäckermeister und legte sanft seine väterliche Hand auf Eva-Lottas blonden Scheitel.

Kalle Blomquist, Eva-Lotta und Rasmus

Aber dann, dann hörte ich etwas. Ja, ich hörte etwas. Ich hörte, wie es unten im Brunnen zu raunen begann. Tief, tief dort unten begann es zu flüstern und zu murmeln. Es war eine wundersame Stimme und sie glich keiner anderen Stimme. *Und die Stimme raunte Märchen,* Märchen, die keinem anderen Märchen glichen und die schöner waren als alle Märchen der Welt.

Mio, mein Mio

Ich glaube, Menschen werden glücklicher, wenn sie Puppen und Märchenbücher bekommen.

Mehr von uns Kindern aus Bullerbü

Streich es um die Hälfte

Einfälle ... viele davon sind eigentlich gar keine Einfälle, sondern nur Umdichtungen eigener Erlebnisse in einer fernen Kindheit, die in der Erinnerung aufblitzen gleich dem huschenden Schein eines Leuchtfeuers.

Das entschwundene Land

Schon in meiner Schulzeit erhoben sich warnende Stimmen: »Du wirst mal Schriftstellerin, wenn du groß bist.« Und – spöttischer – »Du wirst mal Vimmerbys Selma Lagerlöf.« Das entsetzte mich derart, dass ich einen förmlichen Beschluss fasste: Niemals würde ich ein Buch schreiben! Bereits der Prediger Salomo klagt ja: »Denn viel Büchermachens ist kein Ende«, und ich hielt mich nicht für berufen, den Bücherstapel noch höher anwachsen zu lassen.

Das entschwundene Land

Ich kann mich nicht erinnern, jemals Zukunftspläne gemacht zu haben.
Ich habe überhaupt nie irgendwelche Beschlüsse gefasst. Alles ist einfach so gekommen, alles, was ich getan habe. Ich wollte nicht Bücher schreiben. Aber als ich angefangen hatte, war es schwer aufzuhören. [...]
Sprachlich können meine Enkelkinder mir Stoff liefern, aber niemals inhaltlich. Denn alles, worüber ich schreibe, kommt aus meiner eigenen

Kindheit. Das Kind ist seinem Wesen nach ewig, es ändert sich nicht. Ich brauche keine neuen Vorlagen.
Ich bin nicht die Spur mehr ein Experte für Kinder, weil ich Kinderbücher schreibe. Ich bin nur überzeugt davon, dass man Kinder wie Menschen behandeln muss.

Aftonbladet, 4. Juli 1967

Wenn ich schrieb, war ich für alle Sorgen unerreichbar.

Margareta Strömstedt:
Astrid Lindgren – Ein Lebensbild

Alles muss so einfach und klar sein, dass Kinder es verstehen können. Außerdem hat es auch etwas mit Musikalität zu tun. Ich muss spüren, dass der Text fließt, wie er soll. Ich schreibe um und ändere wieder, streiche unnötige Wörter, damit es besser klingt.
Und dann schreibe ich so, wie ich mir das Buch wünsche, wenn ich selbst ein Kind wäre. Ich schreibe für das Kind in mir.
Ich denke niemals, jetzt will ich mal so schreiben, dass die Kinderchen, die dies hier lesen, es lustig finden. Ich denke überhaupt nicht an sie. Ich schreibe zu meinem eigenen Vergnügen.

Expressen, 6. Dezember 1970

Die Personen können bisweilen machen, was sie wollen, ohne dass ich dabei eingreifen kann. So hatte ich mir zum Beispiel nicht vorgenommen, dass Jonatan losreiten und Krümel allein im Kirschbaumtal zurücklassen sollte, aber ich konnte nichts dagegen tun. Es geschieht, was geschieht, so als bestimme ein anderer.

Margareta Strömstedt:
Astrid Lindgren – Ein Lebensbild

... du möchtest wissen, wie man ein guter Kinderbuchautor wird ... Offen gestanden glaube ich, dass man es auf dieselbe Art und Weise wird wie Araber oder Chinese. Kein Mensch auf Erden kann dir beibringen, wie du ein gutes Kinderbuch schreiben sollst, und glaube nun um Himmels willen nicht, dass ich die Nase wegen meiner eigenen Bücher hoch trage und mich deshalb für befugt halte, dir den rechten Weg zu weisen. Nein, aber immerhin habe ich fast ein Vierteljahrhundert lang in einem Kinderbuchverlag gearbeitet, wo ich Manuskripte aller Art vorüberflattern sah, und ich glaube dort ein wenig von dem gelernt zu haben, was auch dir von Nutzen sein könnte. Nur ein paar Grundregeln – alles andere hängt von dir und deiner schöpferischen Begabung ab.

Das entschwundene Land

Glaube mir, es macht Spaß, für Kinder zu schreiben, hoffentlich findest du das auch, sonst lass es lieber bleiben. Ferner hoffe ich, dass du nicht allzu sehr unter dem Druck dieses »Wie muss ein gutes Kinderbuch sein« stehst, weder heute noch morgen noch übermorgen! Denke am besten gar nicht darüber nach! Schreibe frisch von der Leber weg und aus Herzenslust. Denn Freiheit wünsche ich dir und allen anderen Kinderbuchautoren, die Freiheit, die einem für Erwachsene schreibenden Schriftsteller ganz selbstverständlich zugebilligt wird, nämlich zu schreiben, was er will und wie er will.

Das entschwundene Land

Ein bedeutender Schriftsteller hat einmal zu mir gesagt: »Meines Erachtens ist die beste Art zu schreiben, so einfach zu schreiben, dass selbst ein Kind es verstehen kann.«
Und doch schrieb er für intellektuelle Erwachsene. Wie viel nötiger ist es dann erst, dass alle, die für Kinder schreiben, sich so ausdrücken, dass sie von Kindern auch verstanden werden. Einfach schreiben ist auch oberhalb des Niveaus von Fünfjährigen keine Schande, es braucht deshalb noch lange nicht banal und dürftig zu sein. Die Dichter erzählen uns von Leben, Tod und Liebe, dem zutiefst Menschlichen, meistens in so schlichten Worten, dass jedes Kind sie verstehen kann – ist dir das schon mal aufgefallen? Wenn du ein Rezept

haben möchtest, dann nimm das von Schopenhauer: »Man brauche gewöhnliche Worte und sage ungewöhnliche Dinge.«

Das entschwundene Land

Ich glaube, dass man mit Kindern über fast alles sprechen sollte und auch sprechen kann, doch dabei kommt es nicht zuletzt darauf an, *wie* man spricht, damit sie einem auch zuhören. Natürlich kann man ihnen Wörter vorsetzen, die sie nicht kennen, die aber trotzdem ihre Freude am Wort wecken.

Das entschwundene Land

Wie muss ein gutes Kinderbuch sein? Falls du *mich* fragst, so könnte ich dir nach reiflicher Überlegung nur antworten: Es muss gut sein. Ich versichere dir, dass ich lange und gründlich darüber nachgedacht habe, aber keine andere Antwort darauf weiß als: Es muss gut sein.

Das entschwundene Land

Man kann nie sagen: Wie soll ein gutes Kinderbuch sein! Man merkt das, wenn man es liest. Merkt man's nicht, so ist es kein gutes Buch. Selbstverständlich muss man sprachliche Anforderungen stellen.

Das entschwundene Land

Eine Botschaft habe ich nicht. Aber ich möchte gerne eine allgemeine Toleranz gegenüber menschlichem Wahnsinn verbreiten.

Svenska Dagbladet, 28. September 1970

Man muss sich selbst als Kind erleben, wenn man für Kinder schreibt. Man trägt ja alle Alter in sich. Manchmal schaut das eine hervor, manchmal das andere.

Dagens Nyheter, 8. September 1959

Streich es um die Hälfte und schreib die andere Hälfte neu!

Veckans affärer, 6. Mai 1971

Das stört keinen großen Geist

Die ganze Welt ist voll von Sachen, und es ist wirklich nötig, dass jemand sie findet.

Pippi Langstrumpf

Wenn das Herz nur warm ist und schlägt, wie es schlagen soll, dann friert man nicht.

Pippi in Taka-Tuka-Land

Ich will euch nur sagen, dass es gefährlich ist, zu lange zu schweigen. Die Zunge verwelkt, wenn man sie nicht gebraucht.

Pippi Langstrumpf geht an Bord

Zu viel Gelehrsamkeit kann selbst den Gesundesten kaputtmachen.

Pippi Langstrumpf

Manchmal redest du so klug, dass ich fürchte, es wird etwas Großes aus dir.

Pippi Langstrumpf geht an Bord

Ich werde nur wirr im Kopf. Der ist so gepfropft voll mit Weisheit, dass man sie mit dem Messer schneiden kann.

Pippi Langstrumpf geht an Bord

Ich bin nämlich sehr schüchtern, und wenn ich mich nicht selber kommandiere, dann würde ich in der Diele stehen bleiben und nicht wagen hereinzukommen.

Pippi Langstrumpf

»Ja, die Zeit vergeht und man fängt an alt zu werden«, sagte Pippi. »Im Herbst werde ich zehn Jahre alt und dann hat man wohl seine besten Tage hinter sich.«

Pippi Langstrumpf geht an Bord

Nachher kroch ich schnell ins Bett, denn ich wollte gern noch ein bisschen schlafen. Es muss ein sehr kluger Mensch gewesen sein, der das mit den Betten erfunden hat, denn man schläft in seinem Bett tatsächlich besser als im Heu.

Wir Kinder aus Bullerbü

Wenn erwachsene Leute sich vornehmen mit Kindern zu spielen, dann kann sie nichts daran hindern, merk dir das!

Kalle Blomquist – Meisterdetektiv

»Ich fühle mich so glücklich um die Füße«, sagte er, wenn er zusah, wie der Lehmmatsch zwischen den Zehen hervorquoll. »Überhaupt bin ich glücklich am ganzen Körper.«

Rasmus und der Landstreicher

… wenn Kinder Tiere quälen, dann weinen die Engel im Himmel, dass es nur so runterplätschert.

Madita

Es ist so komisch mit dir, Papa, je älter du wirst, desto schneller bist du gelaufen, als du noch zur Schule gingst.

Ferien auf Saltkrokan

Man kann nicht einschlafen, solange die Füße nicht einigermaßen angetaut sind.

Ferien auf Saltkrokan

Alles hatte immer ein Ende, Sahnetorten und Sommer und vielleicht das ganze Leben, was wusste er!

Ferien auf Saltkrokan

Ein lustiges Leben ohne Essen taugt nichts.

Michel in der Suppenschüssel

Wenn ich so drüber nachdenke, kann ich eigentlich *alles*.

Lotta kann fast alles

Da sieht man, dass die allerschlimmsten kleinen Kinder heranwachsen und mit der Zeit richtig gut werden können.

Michel bringt die Welt in Ordnung

»Nur nicht knausern«, sagte Michel aus Lönneberga.

Weshalb soll die Suppenschüssel heil bleiben, wenn die Teller kaputt sind? Sie würde sich bloß einsam fühlen, die arme Suppenschüssel.

Karlsson vom Dach

Sie ist schwer wie eine Flasche Pilsner. Ich bin sehr stolz.

Astrid Lindgren beim Empfang der Großen Goldmedaille der Schwedischen Akademie

Meine Hoffnung ist, ein schöner, grundgescheiter und gerade richtig dicker Ehrendoktor zu werden. [...] Den Kranz behalte ich während des Mittagessens auf. Meine Haare sehen ja schrecklich aus.

Ehrendoktor in Linköping, Mai 1973

Ich bin ein schöner und grundgescheiter und gerade richtig dicker Mann in meinen besten Jahren.

Karlsson vom Dach

Das stört keinen großen Geist.

Karlsson vom Dach

Freud und Leid reichen einander die Hand

Viele Winter und viele Sommer sah ich kommen und gehn. Geduld nur, Geduld! Der Frühling ist nah.

Tomte Tummetott

Manchmal ist es so, als ob das Leben einen seiner Tage herausgriffe und sagte: »Dir will ich alles schenken! Du sollst solch ein rosenroter Tag werden, der im Gedächtnis leuchtet, wenn alle anderen vergessen sind.«

Ferien auf Saltkrokan

Das stille Wasser in der Morgendämmerung, der Steg, die grauen Steine am Ufer, alles. Sie machte das Fenster auf und hörte den Gesang der Vögel, der wie ein Jubel über sie hinströmte. Der kam aus vielen kleinen Kehlen, aber lauter als alle hörte sie die Amsel im Mehlbeerbaum singen. Sie war gerade aufgewacht, munter und voller Lebensfreude.

Ferien auf Saltkrokan

Gerade jetzt spürt sie das Leben in sich, dass es nur so prickelt, und mit einem Satz ist sie aus dem Bett.

Madita und Pims

»Ich sauge den Sommer in mich ein wie die Wildbienen den Honig«, sagte sie. »Ich sammle mir einen großen Sommerklumpen zusammen und von dem werde ich leben, wenn … wenn es nicht mehr Sommer ist. Und weißt du, woraus der besteht? Es ist ein einziger großer Kuchen aus Sonnenaufgängen und Blaubeerreisig mit reifen Beeren und Sommersprossen, die du auf den Armen hast, und abendlichem Mondschein über dem Fluss und Sternenhimmel und Wald in der Mittagshitze. Voll von Sonnenlicht auf den Fichten und kleinen Regenschauern und all so was. Und voller Eichhörnchen und Füchse und Hasen und Elche und dazu alle Wildpferde, die wir kennen. Und auch noch unser Schwimmen und Reiten im Wald, ja, da hörst du, dass mein großer Kuchen aus allem besteht, was Sommer ist.«

Ronja Räubertochter

»Was ist denn das, Lebensgefühl?«, fragte Pelle. »Sitzt so was in den Händen?«
Malin schaute ihren kleinen Bruder zärtlich an. »Bei dir sitzt es, glaube ich, in den Beinen. Wenn du sagst, du hast so viel Gerenne in den Beinen, dann ist das Lebensgefühl.«

Ferien auf Saltkrokan

… Alles war so schön, dass man einfach nicht ertragen konnte, es allein anzuschauen.

Mio, mein Mio

Gemächlich wanderte ich heimwärts, wobei meine Gedanken mir Gesellschaft leisteten, und deshalb hatte ich es nicht eilig heimzukommen.

Das entschwundene Land

Die Teenagerjahre waren nur ein ton- und lebloser Zustand, ich war oft melancholisch und wie die meisten Mädchen in dem Alter fand ich mich so hässlich, und ich war auch nie verliebt, wie es all die anderen ständig waren.

Margareta Strömstedt:
Astrid Lindgren – Ein Lebensbild

Ich erinnere mich noch an den Sommer, als ich dreizehn war und merkte, dass ich nicht mehr spielen konnte. Ich stellte es fest. Es ging einfach nicht. Es war entsetzlich. Und traurig. Und ich glaube, das haben alle Kinder in diesem Alter erlebt. Ich kann euch nur sagen: Verzweifelt nicht am Leben! Denn das geht vorbei. Diese traurige Zeit nimmt ein Ende. Und alles wird wieder gut.

Kerstin Ljunggren:
Besuch bei Astrid Lindgren

Es sei verkehrt, sich vor etwas zu graulen, was doch kommen musste. Man sollte das Jetzt genießen, einen sonnigen Morgen wie diesen, dann sei das Leben nur Glück, fand Melcher. Im Schlafanzug schnurstracks in den Garten hinauszugehen, Gras unter den Füßen zu spüren, am Steg schnell einmal unterzutauchen und sich hinterher an seinen eigenhändig gestrichenen Gartentisch zu setzen, sein Buch oder seine Zeitung zu lesen und seinen Kaffee zu trinken, während die Kinder um einen herumsummten, mehr begehrte er nicht vom Leben.

Ferien auf Saltkrokan

Er wusste nicht, dass das, was er fast wie eine kleine Traurigkeit im Herzen spürte, nur die Schönheit und der Frieden des Sommerabends waren, nichts anderes. Diesen Sommer ... ja, diesen Sommer werde ich bis an mein Lebensende in mir tragen.

Ronja Räubertochter

Der Tag ist lang gewesen und so herrlich und so grauenvoll. So wie Tage manchmal sind, denkt Madita, bevor sie einschläft.

Madita und Pims

Und dann muss man ja auch noch Zeit haben, einfach dazusitzen und vor sich hin zu schauen.

Tagebuch

Weshalb konnte man nicht das ganze Leben hindurch die Fähigkeit bewahren, Erde und Gras und rauschenden Regen und Sternenhimmel als Seligkeiten zu erleben?

Ferien auf Saltkrokan

Freud und Leid reichen einander die Hand – manche Tage sind schwarz und voller Trübsal und sie können kommen, wenn man es am wenigsten erwartet.

Ferien auf Saltkrokan

Die Weiber sind
zäh und stark
wie Esel und
backen gutes Brot
mit vielen
Rosinen drin

Ich habe mich immer darüber geärgert, wie man Frauen behandelt. Oft hatte man das Gefühl, es gäbe nur ein Geschlecht, die Männer.

DIE ZEIT, 13. November 1992

Das Wichtigste für ein Mädchen ist es nicht, von Jungen gemocht zu werden. Das Wichtigste ist, dass sie so ist, dass sie von ihren eigenen Geschlechtsgenossinnen gemocht wird.

Kerstin und ich

O ja, die Männer sind ein wildes, abenteuerliches, herrliches Geschlecht! Warum entdecken Frauen nie neue Erdteile?
»Eigentlich ist es ziemlich schäbig, bloß eine Frau zu sein«, beklagte ich mich bei der Tante.
Sie versuchte mich zu trösten.
»Du musst bedenken«, sagte sie, »dass wir Frauen die Männer zu ihren großen Taten anregen.«

Kati in Amerika

Hübsche Mädchen waren im Allgemeinen von ihrem eigenen Hübschsein so in Anspruch genommen, sie hatten gewissermaßen gar keine Zeit klug zu werden.

Ferien auf Saltkrokan

Ist es nicht immer schwierig, ein junges Mädchen zu sein, auf welchem Fleck der Erdkugel man sich auch befindet? Wahrhaftig, das ist es. Wie könnte es anders sein, wenn überall die jungen Männer, diese Kronen der Schöpfung, darüber entscheiden, ob das Leben des jungen Mädchens eine glühende Hölle oder ein Jubellied oder vielleicht nur ganz allgemein etwas trübselig sein soll?

Kati in Amerika

Es gibt kein Verbot für alte Weiber, in Bäume zu klettern.

Sybil Gräfin Schönfeldt: *Astrid Lindgren*

Ist es nicht ein bisschen kindisch zu erwarten, dass man in eine Art permanenten Glückszustand hineinkommt, nur weil man heiratet? Warum verlangst du, dass die Ehe wie ein unendlicher Sommergarten ist, wenn das Leben im Übrigen es nicht ist?

Kati in Paris

Merk dir, dass Eine-Wirkliche-Feine-Dame sich nur in der Nase bohrt, wenn sie allein ist!

Pippi Langstrumpf geht an Bord

Es ist doch immer wieder das Gleiche! Was man auch spielt, für die Jungen kommt immer etwas Lustiges dabei heraus, wir aber, wir sollen nur immer Essen warm halten oder so etwas.

Immer lustig in Bullerbü

Über die Frauen Monismaniens gilt ganz gewiss das Wort des alten Forschers: »Die Weiber sind zäh und stark wie Esel und backen gutes Brot mit viel Rosinen drin. Aber wenn man sie reizt, gehen sie unmittelbar zum Angriff über ... Genau das! Duckt euch, ihr Burschen im Kanzleihaus! Sie laden schon ihre Waffen.«

Expressen, 1. April 1976

Denn ohne Freiheit
welkt die Blume
der Poesie

Aber es gibt Dinge, die man tun muss, sonst ist man kein Mensch, sondern nur ein Häuflein Dreck …

Die Brüder Löwenherz

Als ich Remarques *Im Westen nichts Neues* las, habe ich vor Verzweiflung geweint, und ich erinnere mich, dass ich dachte, wenn es noch einmal einen Krieg geben und Schweden sich einmischen würde, ich auf Knien zur Regierung kriechen und sie beschwören würde, die Hölle nicht losbrechen zu lassen.

Tagebuch 1943

Großmutter ist so munter und optimistisch in diesen Tagen. […] Sie glaubt wohl, die Menschheit ist wieder glücklich, wenn nur der Kaffee wieder freigegeben wird und die Rationierungen hier und im Ausland aufgehoben werden. Aber die unaussprechlich entsetzlichen Wunden, die der Krieg geschlagen hat, werden nicht mit ein bisschen Kaffee geheilt. Der Frieden kann den Müttern nicht ihre Söhne wiedergeben, Kindern nicht ihre Eltern, den kleinen Kindern in Hamburg und Warschau nicht das Leben. Der Hass hat kein Ende an dem Tag, wenn der Frieden kommt.

Tagebuch 1943

Ich denke daran, wie leicht man alles unnötig zerstören kann.

Ronja Räubertochter

Über den Frieden zu sprechen heißt über etwas zu sprechen, das es nicht gibt.

Niemals Gewalt – Rede zur Verleihung des Friedenspreises des Deutschen Buchhandels

Macht ist die Hölle auf Erden.

Zeitschrift VI, 1982

Überall wird Macht missbraucht. Jeder spielt sich als Herr auf, wo er nur kann. Das beginnt in der Kindheit und geht weiter bis zu denen, die Länder regieren. Pippi aber besitzt die Gabe, richtig damit umzugehen. Sie ist mächtiger als jedes andere Kind auf der Welt und wäre durchaus imstande, eine Schreckensherrschaft über Kinder wie über Erwachsene ihrer Umgebung auszuüben – aber tut sie das? Oh nein! Sie ist einfach nur freundlich, hilfreich und großzügig und drastische Maßnahmen ergreift sie nur, wenn es unumgänglich notwendig ist.

Sybil Gräfin Schönfeldt: *Astrid Lindgren*

Müssen wir uns nach diesen Jahrtausenden ständiger Kriege nicht fragen, ob der Mensch nicht vielleicht falsch konstruiert ist, da wir immer wieder gewalttätig werden? Und sind wir unserer Aggressionen wegen zum Untergang verurteilt? Wir alle *wollen* ja den Frieden. Gibt es denn da keine Möglichkeit, uns zu ändern, ehe es zu spät ist? Könnten wir es nicht vielleicht lernen, auf Gewalt zu verzichten? Könnten wir nicht versuchen eine ganz neue Art Mensch zu werden? Wie aber sollte das geschehen und wo sollte man anfangen?

Niemals Gewalt – Rede zur Verleihung des Friedenspreises des Deutschen Buchhandels

Ich glaube, wir müssen von Grund auf beginnen. Bei den Kindern. Sie, meine Freunde, haben Ihren Friedenspreis einer Kinderbuchautorin verliehen und da werden Sie kaum weite politische Ausblicke oder Vorschläge zur Lösung internationaler Probleme erwarten. Ich möchte zu Ihnen über die Kinder sprechen. Über meine Sorge um sie und meine Hoffnungen für sie. Die jetzt Kinder sind, werden ja einst die Geschäfte unserer Welt übernehmen, sofern dann noch etwas von ihr übrig ist. Sie sind es, die über Krieg und Frieden bestimmen werden und darüber, in was für einer Gesellschaft sie leben wollen. In einer, wo die Gewalt nur ständig weiterwächst, oder in einer, wo die Menschen in Frieden und Eintracht miteinander leben. Gibt es auch nur die geringste Hoffnung darauf, dass die heutigen Kinder dereinst eine friedlichere Welt aufbauen werden, als wir es vermocht haben? Und warum ist uns dies trotz allen guten Willens so schlecht gelungen?

Niemals Gewalt – Rede zur Verleihung des Friedenspreises des Deutschen Buchhandels

»Wer die Rute schont, verdirbt den Knaben«, heißt es schon im Alten Testament. Und daran haben durch die Jahrhunderte viele Väter und Mütter geglaubt. Sie haben fleißig die Rute geschwungen und das Liebe genannt. Wie aber war denn nun die Kindheit aller dieser wirklich »verdorbenen Knaben«, von denen es zurzeit so viele auf der Welt gibt, dieser Diktatoren, Tyrannen und Unterdrücker, dieser Menschenschinder? Dem sollte man einmal nachgehen. Ich bin überzeugt davon, dass wir bei den meisten von ihnen auf einen tyrannischen Erzieher stoßen würden, der mit einer Rute hinter ihnen stand, ob sie nun aus Holz war oder im Demütigen, Kränken, Bloßstellen, Angstmachen bestand.

Niemals Gewalt – Rede zur Verleihung des Friedenspreises des Deutschen Buchhandels

Ganz gewiss sollen Kinder Achtung vor ihren Eltern haben, aber ganz gewiss sollen auch Eltern Achtung vor ihren Kindern haben und niemals dürfen sie ihre natürliche Überlegenheit missbrauchen.

Niemals Gewalt – Rede zur Verleihung des Friedenspreises des Deutschen Buchhandels

Vielleicht wäre es gut, wenn wir alle einen kleinen Stein auf das Küchenbord legten als Mahnung für uns und für die Kinder: Niemals Gewalt!

Niemals Gewalt – Rede zur Verleihung des Friedenspreises des Deutschen Buchhandels

Denn ohne Freiheit welkt die Blume der Poesie, wo immer sie auch blühen mag.

Das entschwundene Land

Man muss leben,
damit man sich
mit dem Tod
anfreundet

Wenn nur der Tod nicht so schwer wäre«, sagte Jum-Jum. »Wenn nur der Tod nicht so schwer wäre und wir nicht so klein und einsam.«

Mio, mein Mio

Ronja hatte noch nie jemanden so sterben sehen und sie weinte eine Weile. Aber in letzter Zeit ist er ja schon müde gewesen, dachte sie. Vielleicht ruht er sich jetzt irgendwo anders aus, wo, das weiß ich nicht.

Ronja Räubertochter

Kaum dass man lebt, so muss man sterben ... Aber Jocke, sein geliebtes Kaninchen, das einzige Tier, das er besaß – weshalb durfte es nicht am Leben bleiben? Pelle lag auf dem Bauch auf seinem Bett, den Kopf im Kissen vergraben, und jetzt weinte er endlich, ein leises, wimmerndes Weinen, das Malin ins Herz schnitt. Sie saß neben ihm und auch sie fühlte sich ganz hilflos. Niemanden auf der Welt hatte sie so lieb wie dieses weinende arme Kerlchen, das dalag, schmal und klein, viel zu klein war für ein so großes Leid. Es war grausam, dass man nichts tun konnte, dass man ihm nicht wenigstens einen kleinen Teil von dem abnehmen konnte, was so wehtat. Sie strich ihm übers Haar und sagte ihm, weshalb sie das nicht konnte.

»So ist es im Leben, siehst du. Manchmal ist es schwer. Sogar kleine Kinder, sogar ein kleiner Junge wie du muss so etwas durchmachen, was wehtut, und da muss man ganz allein hindurch.«

Ferien auf Saltkrokan

Eines Tages war ich bei der Ericastiftung und dort sprach man viel über Kinder und den Tod. Dort war ein junger Psychologe, der bekannte, dass er die Schlusszeilen in den Brüdern Löwenherz niemals würde Kindern vorlesen können. Weil es so schrecklich sei sich vorzustellen, dass die Brüder zweimal sterben müssten.

Da sagte ich: »Aber begreif doch, dass, je öfter du stirbst, umso mehr gewöhnst du dich daran.« Aber darin konnte er keinen Trost finden. Als ich nach diesem Treffen nach Hause kam, rief das kleine Mädchen an, das bei der Michel-Verfilmung Klein-Ida in Katthult gespielt hat, und sagte:

»Ich habe gerade die Brüder Löwenherz gelesen und sage danke, weil du es so glücklich hast enden lassen.«

So können Kinder es erleben.

Expressen, 23. Mai 1972

Als ich jung war, glaubte ich, dass ich die ganze Welt sehen, alle Bücher lesen würde, die es gibt. Und alles erleben würde.
Jetzt kann ich mich darüber grämen, wenn ich denke: Vielleicht gibt es einen ganz tollen Film, wenn ich schon tot bin, und dann kann ich ihn nicht mehr sehen.
Es hilft dann auch nicht zu denken: Jedenfalls habe ich ja ein langes Leben gehabt und viel erlebt. So sagen viele, aber ich finde nicht, dass das hilfreich ist.
Das ist genauso, als stünde man unter dem Niagarafall mit einer kleinen Bierflasche in der Hand und versuchte das Wasser einzufangen. Mehr als die kleine Flasche voll kriegt man nicht mit.

Expressen, 23. Mai 1976

Nein, offen gestanden glaube ich nicht an Gott. Freilich, wenn mein Vater noch lebte, hätte ich niemals gewagt, das auszusprechen, denn er wäre sehr traurig geworden.
Vielleicht ist es eine Schande, dass ich Gott leugne, weil ich ihm ja trotzdem so oft danke und zu ihm bete, wenn ich verzweifelt bin.

Expressen, 6. Dezember 1979

Es ist schwer, sich mit dem Gedanken an den Tod zu versöhnen.

Zeitschrift VI, 1982

Das Leben ist etwas, das man hüten und bewahren muss.

Ronja Räubertochter

Sie vergoss keine Träne. Aber in ihr weinte es, so traurig war sie.

Ronja Räubertochter

Ich habe nichts dagegen zu sterben. Aber nicht gleich morgen. Da gibt es noch so allerlei, was ich noch schaffen möchte.
Ja, freilich hab ich gesagt, dass ich mit dem Schreiben aufgehört habe, und aus diesem Grund gab es einen ganz entsetzlichen Aufstand, so als habe Gott gesagt, er wolle alle Bezahlungen einstellen.
Aber das darfst du nicht schreiben, denn dann glauben die Leute, dass ich mich für Gott halte.
Aber deshalb habe ich ja noch nicht aufgehört zu leben. Noch immer gibt es so viel im Leben, das herrlich ist. Wenn der Frühling kommt und alles so göttlich schön wird, dann will man nicht, dass dies das letzte Mal sein soll.

Dagens Nyheter, 10. April 1992

Man muss leben, damit man sich mit dem Tod anfreundet …
… glaube ich, trallala.

Gespräch mit M.S. im TV-Programm 1986

Wäre ich Gott

Wäre ich Gott,
dann würde ich weinen
über die Menschen,
sie, die ich geschaffen
zu meinem Ebenbild.
Wie ich weinen würde
über ihre Bosheit
und Gemeinheit
und Rohheit
und Dummheit
und ihre armselige Güte
und hilflose Verzweiflung
und Trauer.

Und wie ich weinen würde
über ihre Herzensangst
und ihren ewigen Hunger,
ihre Sorge
und Todesfurcht
und trostlose Einsamkeit
und über ihre Schicksale,
ihre erbärmlichen kleinen Schicksale
und ihr blindes Tasten
nach jemand ...
irgendeinem!
Vielleicht nach mir!

Und wie ich weinen würde
über alle Todesschreie
und alles Blut, das so
vergeblich fließt,

so zutiefst vergeblich,
und über den Hunger
und die Hoffnungslosigkeit
und die Not
und alle wahnsinnigen Qualen
und einsamen Tode
und über die Gefolterten,
die schreien und schreien,
und über die Folterer noch mehr.

Und dann all die Kinder,
alle, alle Kinder,
über sie würde ich
am allermeisten weinen.
Ja, wäre ich Gott,
gewiss würde ich viel
über die Kinder weinen,
denn nie habe ich mir gedacht,
dass sie es so wie jetzt
haben sollten.
Ströme, Ströme
würde ich weinen, damit
sie ertrinken könnten
in den gewaltigen Fluten
meiner Tränen,
alle meine armen Menschen,
und endlich Ruhe wäre.

Deutsch von Anna-Liese Kornitzky